Vente du Jeudi 30 Mars 1865

CABINET

DE

M. LE VICOMTE DU M... *anoir*

TABLEAUX MODERNES

ET QUELQUES ANCIENS

OBJETS D'ART & CURIOSITÉS

Exposition le Mercredi 29 Mars 1865

Mᵉ Ch. PILLET, Commissaire-Priseur

MM. MANNHEIM et Francis PETIT

EXPERTS

CATALOGUE

D'UNE BELLE RÉUNION

D'OBJETS D'ART

ET DE CURIOSITÉ

TABLEAUX MODERNES

et

QUELQUES TABLEAUX ANCIENS

Magnifique Groupe en terre cuite par CLODION ;
Statuettes par MARIN ;
Très-grande Pendule Louis XVI, en forme de vase en bronze doré, à cadran tournant ;
Très-belle Fontaine, en forme de grand vase, en faïence de Rouen ;
Faïences italiennes et persanes ; Bronzes d'ameublement ;
Repoussé Louis XIII, en argent ; Porcelaines ;
Grand Meuble flamand

*Provenant du Cabinet de M. le Vicomte du M****

DONT LA VENTE AURA LIEU

HOTEL DROUOT, SALLE N° 5

Le Jeudi 30 Mars 1865

A DEUX HEURES ET DEMIE

———— o ⚬ o ————

Par le ministère de Mᵉ **CHARLES PILLET**, Commissaire-Priseur,
rue de Choiseul, 11,

Assisté de MM. **MANNHEIM**, Experts, rue de la Paix, 10,

Et de M. Francis **PETIT**, Expert, rue de Provence, 43,

Chez lesquels se distribue le présent Catalogue.

———— ⚬ ————

EXPOSITION PUBLIQUE

Le Mercredi 29 Mars 1865, de une heure à cinq heures.

CONDITIONS DE LA VENTE

Elle sera faite au comptant.

Les acquéreurs payeront, en sus des adjudications, *cinq pour cent*, applicables aux frais.

Paris. Imp. PILLET FILS AÎNÉ, rue des Grands-Augustins, 5.

TABLEAUX MODERNES

BENOUVILLE (Léon)

1 — Figure de Moine.

Haut. 60 cent.; larg. 40 cent.

Vente Benouville.

CHARLET

2 — Vieux Braconnier.

Haut. 30 cent.; larg. 22 cent.

CHARLET

3 — Le Départ du Conscrit.

Haut. 13 cent.; larg. 12 cent.

DELACROIX (Eug.)

4 — Habitant du Maroc.

Haut. 32 cent.; larg. 24 cent.

DIAZ

5 — Baigneuses dans un bois.

Haut. 37 cent.; larg. 29 cent.

DIAZ

6 — Animaux près d'une mare.

Haut. 27 cent.; larg. 35 cent.

DIAZ

7 — Une Nuit d'été. Réunion de figures dans un parc.

Haut. 45 cent.; larg. 38 cent.

DIAZ

8 — Madeleine au désert.

Haut. 21 cent.; larg. 16 cent.

DIAZ

9 — Flore, Cérès et Pomone.

Haut. 48 cent.; larg. 33 cent.

DIAZ

10 — Suzanne au bain.

Haut. 45 cent.; larg. 38 cent.

DORCY

11 — Tête de jeune Fille.

Pastel.

DUPRÉ (J.)

12 — Intérieur d'une maison de Paysan.

Haut. 20 cent.; larg. 36 cent.

GÉRICAULT

13 — Chevaux vus de croupe dans une écurie.

Haut. 30 cent.; larg. 27 cent.

GÉRICAULT

14 — Cheval à l'écurie.

Haut. 29 cent.; larg. 24 cent.

GÉRIGAULT

15 — Tête de Chien.

Vente Ary Scheffer.

Haut. 21 cent.; larg. 26 cent.

GIROUX (A.)

16 — Cheval terrassant un palefrenier.

Haut. 30 cent.; larg. 39 cent.

ISABEY

17 — Procession dans une église.

Haut. 40 cent.; larg. 28 cent.

ISABEY

18 — Port de mer à marée basse.

Haut. 24 cent.; larg. 32 cent.

JONGKIND

19 — Un Canal. Effet de lune.

Haut. 26 cent.; larg. 40 cent.

MARILHAT

20 — Cour d'une maison arabe.

Haut. 28 cent.; larg. 36 cent.

Vente Marilhat.

PALIZZI

21 — Intérieur de forêt.

Haut. 75 cent.; larg. 38 cent

PALIZZI

22 — Moutons effrayés par un âne que conduit une paysanne.

Haut. 55 cent.; larg. 32 cent.

PALIZZI

23 — Paysan italien buvant à une source.

Haut. 54 cent.; larg. 39 cent.

TASSAERT

24 — Le Rêve de la Madeleine.

Haut. 39 cent.; larg. 32 cent.

DESSINS

INGRES

25 — Philémon et Baucis.

Lavis.

PRUDHON

26 — Figure de l'Ame montant au ciel.

Dessin rehaussé. — Vente de Boisfremont.

SWEBACH

27 — Un Attelage russe en marche.

Aquarelle.

TABLEAUX ANCIENS .

BOUCHER

28 — Le Lever du jour.
Esquisse de plafond.
Haut. 72 cent.; larg. 58 cent.

FRAGONARD

29 — L'Enlèvement.
Haut. 45 cent.; larg. 54 cent.

LÉPICIÉ

30 — Tête d'Enfant.
Forme ovale.
Haut. 39 cent.; larg. 30 cent.

ÉCOLE ITALIENNE

31 — Vénus embrassant l'Amour.
Haut. 45 cent.; larg. 34 cent.

ÉCOLE FLAMANDE

32 — Intérieur d'un Cabaret flamand.
Haut. 86 cent.; larg. 51 cent.

ÉCOLE DE RUBENS

33 — Le Triomphe de Neptune.

Haut. 1 mètre 15 cent.; larg. 1 metre 58 cent.

ÉCOLE FRANÇAISE

34 — Scène pastorale.

Haut. 20 cent.; larg. 26 cent.

OBJETS D'ART & DE CURIOSITÉ

35 — Superbe groupe en terre cuite par Clodion. Il représente la marche triomphale d'un Bacchant et d'une Bacchante entourés par trois figurines d'enfants. Ce groupe remarquable mesure 56 cent. de hauteur.

36 — Grande et belle pendule du temps de Louis XVI, en bronze doré, à cadran tournant, en forme de vase ovoïde autour duquel s'enroulent des serpents et reposant sur un fût de colonne cannelée avec tors de lauriers et draperies. Haut., 75 cent.

37 — Deux jolis Candélabres Louis XVI, en bronze doré. Ils se composent chacun de deux figures de femmes supportant un vase d'où s'échappent des branches à rinceaux et reposant sùr des socles en marbre blanc enrichis de guirlandes de vigne en bronze doré.

38 — Deux bras de cheminée, en bronze doré du temps de Louis XVI, en forme de lyre d'où s'échappent quatre branches porte-lumières à rinceaux finement ciselés.

39 — Deux petits chenets du temps de Louis XIV, en bronze doré, enrichis de groupes de figures ; l'un d'eux repré-

sente la marche de Silène et l'autre une Bacchante et deux Satyres ; les socles sont ornés de mascarons en relief.

40 — Deux jolies petites statuettes en terre cuite par Marin : Enfants satyres courant. Sur socles en serpentin d'Egypte.

41 — Buste de Satyre en terre cuite par Graillon.

42 — Deux grandes consoles en terre cuite. L'une d'elles présente la figure d'Eve et l'autre la figure de Satan.

43 — Grande et magnifique fontaine, en forme de vase, à deux anses ornées par des Syrènes, en ancienne faïence de Rouen, à frise ornée de rinceaux en relief et enrichie de mascarons. Elle est décorée, dans toutes ses parties, de figures, d'ornements et d'un blason en camaïeu bleu. Sur socle en bois sculpté et doré.

44 — Deux jolis vases en ancienne faïence de Perse, à goulots droits, décorés de feuillages émaillés bleu, avec re hauts de rouge très-vifs.

45 — Grand vase de forme ovoïde en ancienne faïence de Castel-Durante, à décor de personnages en couleurs et à deux anses formées de sirènes rattachant la panse du vase au goulot.

46 — Plateau en faïence de Delft, de forme carré-long, décoré en camaïeu bleu, à sujet mythologique.

47 — Joli repoussé sur argent du temps de Louis XIII; il
représente le Portement de la croix.

48 — Sculpture sur marbre tendre, représentant la Circon-
cision dans un temple dont l'architecture est remarquable.
Travail du xvie siècle.

49 — Deux grosses potiches en porcelaine de Chine, fond
gros bleu et décor de fleurs et ornements en or.

50 — Petit bénitier du temps de Louis XIV, en bronze, à
têtes de chérubins en relief.

51 — Christ en bois sculpté, dans une belle bordure en bois
sculpté à larges rinceaux, et têtes de chérubins en relief
argentés et dorés. Travail du temps de Louis XIV.

52 — Grand meuble flamand à deux portes en bois d'éra-
ble à moulures guillochées en ébène.

53 — Deux vases à fleurs en faïence d'Urbino, de forme
droite, à décors en camaïeu bleu et ornés de figures
d'enfants, de fleurs et d'ornements en relief.

54 — Miroir Louis XVI en bois sculpté et doré en deux
tons, à guirlandes de laurier et buste d'empereur ro-
main.

55 — Pendule du temps de Louis XVI, modèle temple à cadran tournant, en marbre blanc et bronze doré au
mat et à quatre colonnes en marbre bleu turquin.

56 — Deux flambeaux formant cassolette en marbre blanc
et à trépied en bronze doré à têtes de satyres.

57 — Deux flambeaux en bronze doré formés par des figurines d'Amours assis sur des crocodiles.

58 — Deux petites appliques porte-montres en bronze doré
au mat, ornés de groupes de colombes. Époque
Louis XVI.

59 — Miroir carré biseauté à bordure en glace et monture en
bois sculpté et doré à ornements. Époque Louis XIV.

60 — Petit miroir Louis XV. à glace biseautée et à bordure
en bois sculpté et doré à ornements.

61 — Potiche en porcelaine du Japon, à décor de paysage
et d'animaux en camaïeu bleu sur blanc.

62 — Vase à couvercle, à panse rétrécie, en ancienne porcelaine du Japon, à médaillons de personnages et entre-
deux à quadrilles en camaïeu bleu sur fond blanc.

63 — Cassolette en verre bleu, montée sur quatre pieds à
consoles et à anses en bronze ciselé et doré; sur socle
en marbre blanc. Époque Louis XVI.

64 — Bougeoir en céladon gaufré sous émail monté en
bronze doré et fleurs de Saxe.

65 — Glace à biseaux, à bordure à moulures plaquées en écaille de l'Inde.

66 — Jolie bordure du temps de Louis XIV, en bois sculpté et doré.

67 — Autre bordure en bois sculpté et doré. Époque Louis XV.

68 — Deux jolies statuettes en bronze du temps de Louis XIV, représentant Neptune et Bacchus, sur socles en marbre vert de mer.

69 — Groupe en bronze d'après Clodion, représentant une Bacchante et un satyre. Sur socle ovale en bronze ciselé et doré.

70 -- Deux grands vases en ancienne porcelaine du Japon, laqués noir et à sujets de paysages et de personnages burgautés.

71 — Groupe en biscuit : l'Enlèvement de Proserpine.

72 — On vendra sous ce numéro les objets omis au présent catalogue.

RED. :

19

MIRE ISO N° 1
NF Z 43-007
AFNOR
Cedex 7 - 92080 PARIS-LA-DÉFENSE

graphicom